푸른사상
시선

74

고갯길의 신화

김 종 상 시집

푸른사상 시선 74

고갯길의 신화

인쇄 · 2017년 3월 31일 | 발행 · 2017년 4월 7일

지은이 · 김종상
펴낸이 · 한봉숙
펴낸곳 · 푸른사상사

주간 · 맹문재 | 편집 · 지순이 · 홍은표 | 교정 · 김수란
등록 · 1999년 7월 8일 제2-2876호
주소 · 경기도 파주시 회동길 337-16(서패동 470-6)
대표전화 · 031) 955-9111(2) | 팩시밀리 · 031) 955-9114
이메일 · prun21c@hanmail.net / prunsasang@naver.com
홈페이지 · http://www.prun21c.com

ⓒ 김종상, 2017

ISBN 979-11-308-1090-4 04810
ISBN 978-89-5640-765-4 04810 (세트)

값 8,800원

고갯길의 신화

별을 보면서

별을 보고 있으면
별도 나를 바라보며
반갑다는 눈짓을 한다

별과 나의 거리는
몇만 광년도 더 된다니
지금 보이는 저 별빛은
몇만 년 전의 빛일 게다

몇만 년 전의 별과
이제야 내가 만나서
눈짓으로 이야기를 한다

그래서 별을 보는 것은
몇만 년 만의 만남이다
참으로 감격의 대면이다.

— 『별을 보면서』(현대시협 사화집 제16호, 2016).

우리가 일상을 살아가면서, 하루하루 새로운 것을 만나는 것이나 한 편의 글을 쓰는 일은 곧 밤하늘의 별을 보는 것과 같다는 생각을 한 적이 있다. 무량겁의 시간 위에서 보면 너무도 짧은 찰나의 만남이기에 참으로 소중한 것이다.

내 어머니가 가신 지도 35년째가 되지만 나는 수없이 꿈길에서 어머니를 만난다. 영원으로 가는 세월 속에서 순간순간의 만남이기에 아득하기만 하다. 그래서 어머니 떠나신 뒤의 안타까움을 적었던 글도 몇 편 다시 가져다 실었다.

내가 쓴 시가 세상에 얼굴을 처음 보인 것은 1959년 경북 경찰국 주최 민경친선 신춘문예에 『저녁 어스름』이 가작(佳作)으로 뽑힌 때이니 58년 전 일이다. 그러나 이듬해에 동시가 『서울신문』 신춘문예에 당선되면서 주로 동시를 써왔는데 이따금 일반 시도 청탁이 와서 발표하게 된 것을 모아 책으로 펴낸 것이 몇 권 되지만 그럴 때마다 첫선을 뵈는 기분이다. 이 책에는 동시로 발표했던 작품도 다수 끼어 있다.

독자들에게 좋은 인상을 줄 수 있었으면 한다. 또 새로운 해 정유년을 맞으며

2017년 3월
김 종 상

■ 시인의 말

제1부 긍정에 방점을 주자

제2부 새 풀이 돋아나면

제3부　서울의 시골 사람

제4부 어머니는 떠나시고

제5부 고갯길의 신화

제1부

긍정에 방점을 주자

가려운 종기

'생각난다' 말하면
생각이 상처가 될까 봐
차마 말하지 못하고
마음만 앓고 있습니다.

'그리웁다' 말하면
그리움이 아픔일까 봐
차마 말하지 못하고
가슴만 태우고 지냅니다

말한 뒤 잊으려 해도
몰래 속으로 삭이려 해도
갈수록 덧나기만 하는
내 사랑은 가려운 종기.

이름이 사람이다

내 친구 봉석이가
이름을 봉숙으로 갈았다

이름이 남자 같아
여자답게 바꾸었단다

친구 봉석이는 없어지고
이제 내 친구는 봉숙이다

사람은 그대로 있어도
이름이 없으면 없어진다

사람이 사람이 아니라
이름이 그 사람이다.

산다는 것은

바람이 불어옵니다
옷깃을 파고드는
모래바람입니다
바늘바람입니다

산다는 것은
세상 산다는 것은
거리로 나와서
바람을 맞는 일입니다

버려진 종이가
바람에 날립니다
산다는 것은
곧 그런 것입니다.

우리 사는 일

펭귄들이 얼음 벌판을 가고 있다
엄마를 따라서 아기 펭귄들도
아장아장 걸어가고 있다

오로라의 오색 장막이
곱게 드리운 하늘 아래
눈이 시리도록 하얀 벌판을
펭귄 한 가족이 가고 있다

벌판을 지나고 계곡을 건너
가도 가도 끝이 없는 빙판을
아슴한 꿈길처럼 가고 있다

우리 사는 일도 그런 것 아닐까?
벌판을 지나면 언덕이 기다리고
언덕을 넘으면 산이 막아서지만
그래도 쉬지 않고 가야만 한다

눈바람 속 빙판을 지나면

따스한 햇살 아래
냉이꽃이 핀 오솔길도 있으려니
얼음 벌판을 걷는 펭귄들처럼
나도 바람 부는 벌판을 가고 있다.

아빠는 데려온 자식

엄마가 비만이 걱정이라며
아빠에게는 국물을 적게 주면서
아들에게는 국물 남긴다고 꾸중이다

아들이 좋아하는 고기 반찬도
아빠 비만에 좋지 않다며
갑자기 식단에서 빼버렸다

아빠는 내복도 하루만 입으면
땀내 난다고 갈아입으라시며
아들은 아무 옷이나 입으라 한다

아빠 구두는 새것인데도
매일 반질하게 닦아놓으며
아들 운동화는 낡았는데도
아직은 더 신으라고 한다

엄마는 아빠만 생각한다고
아들이 불평을 하니까

엄마는 귓속말로 속삭였다

섭섭하더라도 네가 이해를 해라
너는 내가 낳은 자식이지만
아빠는 데려온 자식과 같다

내 뱃속에서 나온 너는
좀 소홀히 해도 허물이 없지만
밖에서 데려온 너의 아빠는
조금만 박대해도 큰 흉이 된다

엄마의 말에 아들은
잠시 눈을 깜박거리더니
가엾다는 표정을 지으며
아빠를 보고 빙긋이 웃었다.

절로 크는 아기는 없다

아기가 놀이터 회전 그네를 탄다
빙글빙글 돌아가는
하늘을 날다가 잡은 줄을 놓쳤다

어이쿠, 이를 어째?
땅바닥이 쏜살같이 달려와
떨어지는 아기를 온몸으로 받았다

아기가 놀라 울음을 터뜨리자
해님은 황망히 손길을 뻗쳐서
아기 몸을 어루만져주고
바람은 옷깃에 먼지를 털어준다

세상에 절로 크는 아기는 없다
땅바닥부터 하늘까지가 모두
아기를 위해주고 돌봐주고 있다.

긍정의 방점

걸림돌이 되던 돌부리도
빗물 괴면 디딤돌 된다

고질병에 점 하나 찍으면
고칠병이 되지 않느냐

사는 일이 힘들 때는
긍정의 점 하나 더하자

빚에도 점 하나 보태면
빛이라는 희망이 되고

기망(欺罔)도 점 하나 더하면
가망(可望)으로 바뀌지 않느냐

안 된다는 부정보다
된다는 긍정에 방점을 두자.

세월의 무게

나이도 무게가 있어
먹어갈수록 점점
몸이 무게를 더한다

다리가 무거워져
걸음이 어둔하고
팔이 무거워져서
들기도 버겁다

눈꺼풀도 무거워져
눈이 자꾸 감기고
어깨도 무거워져
자꾸 아래로 처진다

세월도 무게가 있어
해가 더해 갈수록
모든 게 무거워진다

말도 무거워 느려지고

생각도 무거워 둔해가고
듣는 것도 보는 것도
무게에 짓눌려 흐려지고

사는 일도 무게를 더해
세상이 모두 짐만 같다.

우거지

할아버지는 우거지가 좋아
추수가 끝난 아들네 산밭에서
버려진 배춧잎을 주워 모았다

벌레 이빨 자국이 숭숭하고
상처 난 몸이 흙투성이가 되어
밭이랑에 널브러져 있는 것들을
소중하게 거두어 가지고 왔다

할아버지가 거두어 온 우거지는
배추 싹이 나비 날개만 할 때부터
여린 속잎을 감싸 키운 겉대지만
이제는 김장감에도 못 끼는 것이
할 일을 잃은 할아버지 신세 같다

식품영양학과 출신의 며느리는
좋은 부식 재료가 얼마든지 있는데
무슨 청승일까 하는 표정이지만
할아버지는 주워 온 배춧잎들을

소중한 우거지로 엮어 말리고 있다

배추 우거지는 할머니 몫이었다
잠시 쉴 짬도 없이 들일과 길쌈으로
손가락 마디마다 피딱지가 앉아도
그 손으로 버무린 우거지 음식은
온 식구가 환영하는 일품요리였다

자식들이 모두 일터로 가고 나면
할아버지는 지난 일들이 떠올라
우거지 된장국을 기차게 끓였던
할머니 손을 잡고 정담을 나누듯
베란다에서 배추 우거지를 매만진다.

화탕지옥

남자 화장실 소변기에는
파리 한 마리가 그려져 있다

남자들은 모두 거기 와서
앞을 열고는 파리를 겨냥해
더운 오물을 쏟아낸다

파리는 날아갈 수도 없고
죽을 수 있는 목숨도 없으니
끝없이 오물을 뒤집어쓰는
고통만이 반복될 뿐이다

우리가 죽어서 가는 저승에는
죄지은 사람을 다스리는
여러 개의 지옥이 있다는데

그중에서도 화탕지옥에는
유황에 똥오줌이 끓고 있는
호수만큼 큰 가마솥이 있어

죄가 많으면 거기에 삶는단다

죄인들이 똥오줌을 삼키며
유황 가마에서 다 삶기면
지옥 차사들이 건져서
처음대로 다시 살려낸단다

삶아서는 건져서 살려내고
살려내서는 다시 삶아서
고통을 끝없이 반복시킨단다

남자 변소 소변기의 파리는
전생에 무슨 죄를 지었기에
이 화탕지옥에 떨어졌을까

지금 남자 화장실 소변기에는
죽을 수도 없는 파리 한 마리가
냄새나는 오물에 젖고 있다.

돌아간다는 것

살과 뼈는 흙(地)이고
피와 땀은 물(水)이며
체온은 불(火)이고
생각은 바람(風)이라

우리의 몸뚱이는 이렇게
사대(四大)가 뭉친 것이란다

세상을 떠난다는 것은
살과 뼈는 흙(地)으로
피와 땀은 물(水)로
체온은 불(火)로
생각은 바람(風)으로

처음대로 가는 것이다
그래서 돌아간다고 한다.

제2부

새 풀이 돋아나면

익모초(益母草)

내가 기침만 해도
어머니는 몸살을 앓는다
어머니의 피와 살로
내 몸을 빚었기 때문이다

그 어머니의 건강을
내 대신 살피고 지켜주는
고마운 약초가 있다
어머니께 이로운 익모초.

관세음보살

어머니가 떠나신 뒤
묵은 절에 혼자 갔다

일주문이 다가오며
그때처럼 반겨주었다

어머니가 하던 대로
가슴에 손을 모았다

내 곁에 어머니가
계시는 것만 같았다

깜짝 놀라 돌아보니
관세음보살이었다

일주문 저 앞쪽에서
합장한 나를 보며

그때의 어머니처럼
잔잔하게 웃으셨다.

풀벌레 소리

짧게 살다 가는 풀벌레
차마 떠나기가 섭섭해
소리는 남겨두고
몸만 떠나갔나 봐

하루해가 서산에 지고
어둠이 밀려올 때
남겨진 소리 가락은
애절한 울음이 된다

울음은 울음을 불러
강물로 넘쳐흐르고
계절도 강물처럼 가고

계절을 따라 흘러서
소리도 가고 나면
풀밭은 깊은 잠에 들고
또 한 해도 저문다.

풀 한 포기

낡아서 쓸모가 없어진 화분을
마당가 쓰레기장에 내놓았더니
비 온 뒤 풀 한 포기가 돋았다
자주색 줄기에 파란 잎이 두 장

"참, 예쁘기도 하네."
지나가던 바람이 흔들어보고
"어쩜 이렇게 귀여운 것이……."
햇살이 와서 어루만져준다

"어! 이것은 꽃싹인 것 같은데."
아버지가 눈이 둥그레지고
"거기에도 산 목숨이 있었네."
어머니는 화분을 거실로 옮겼다

아무도 눈길 한 번 주지 않고
쓰레기로 버려졌던 화분이
이름 모를 풀 한 포기가 돋으면서
모두의 마음속으로 들어왔다.

어머니의 꽃

화분에 물을 주는데
문득 어머니가 보인다
생전에 어머니는 나를
우리 집의 꽃이라 했다

농사를 했던 어머니는
논밭에서 땀을 흘리셨고
내게 나쁜 일이 생기면
말없이 눈물을 흘리셨다

그 땀과 눈물로
나를 가꾸신 어머니처럼
지금은 내가 꽃을 심고
화분에 물을 주고 있다.

어머니의 흔적

예그린 한복집에서
낯익은 저고리를 보았다
손수 길쌈을 해서 지은
등짝이 땀에 절어 해진
어머니의 삼베 저고리였다

민속촌 안채 섬돌 위에
검정 고무신이 놓여 있었다
찢어진 뒤꿈치를
무명실로 꿰매어 신던
어머니의 고무신이었다

농업박물관 진열장에는
날이 무딘 호미가 있었다
텃밭에서 김을 매시던
어머니의 몽당호미였다

땀에 전 삼베 저고리
찢어진 검정 고무신으로

텃밭을 김매고 가꾸셨던
어머니의 몽당호미

못 거둘 미련이 많아
몸은 떠나셨으면서
한복집과 민속촌과
농업박물관 진열장에
흔적을 남겨두신 어머니.

남은 불씨

사는 일은 불꽃과 같아
꺼져버리면 적막이지만
식어버린 재 속에서도
남는 불씨가 있습니다

자신의 뼈와 살과
머리칼 한 올까지도
아낌없이 나누어주고

뜨겁게 뛰는 심장과
몸을 도는 피와 숨결
세상을 다 품고 싶은
생각까지도 내주었기에

그 불은 꺼져갔어도
정말로 소중히 가꾸던 것
진정으로 사랑했던 것은
내 안에 두고 갔습니다

내 몸을 이룬 모든 것

불티처럼 날아다니는
내 생각의 편린들을
불씨로 두고 간 그는
내 어머님이십니다.

새 풀이 돋으면

또다시 봄이 오니
막골 산밭머리에 있는
어머니 아버지 유택에도
봄풀이 파랗게 돋았다

평생 거기에서 일하셨던
아버지 어머니였기
봄풀이 돋은 밭머리에
누워만 계시진 않을 것이다

아버지는 새벽같이 일어나
누렁소와 쟁기질을 하거나
못자리판 피사리를 할 것이다

아니면 터만 남은 옛집
그 빈 마당에 풀을 뽑고
사립을 손질할지도 모른다

어머니도 그러실 것이다
텃밭의 채소에 거름을 주고
울바자에 호박순을 거두거나

집 안에 들어가 마루를 닦고
묵은 빨래를 씻어 널거나
뒤란의 장독대를 돌아보며
장맛을 걱정하실지도 모른다

봄풀이 파랗게 돋아나는
이 좋은 봄날에
절대로 가만히 누워만 계실
어머니, 아버지가 아니다

못난 이 자식을 생각하며
어머니는 여름옷을 손질하고
아버지는 시장에 가서
고무신을 찾으실지도 모른다

봄이 오고 농사철이 되면
막골 산밭머리 유택에 계신
내 어머니, 아버지는
생전에 하셨던 대로 아침 일찍
논밭으로 나가셨을 것이다.

더없는 기쁨은

오늘도 어제처럼
아침이면 잠에서 깨어
하루를 다시 사는 것

올해도 작년처럼
꽃을 심어 가꾸면서
좋아할 수 있다는 것

아직도 젊은 날처럼
날마다 무언가는
기다림이 있다는 것

이보다 더없는 기쁨은
내가 살고 있는 오늘이
내 몫으로 있다는 것.

노부부

외출을 준비하는 노부부
할멈이 할아범에게
새 옷을 내주며 말했어요

"비단보로 포장한다고
헌것이 새것 되는감."

그 말에 할아범도
화장하는 할멈을 보며
시름처럼 한마디 했어요

"니스와 페인트 바른다고
낡은 집이 새 집 되는감."

할아범과 할멈도 그래서
젊은이들 사랑싸움처럼
티격태격하더래요.

잃어버린 나

마령 팔십의 영마루를
숨 가쁘게 넘고 보니
나를 잃어버리고 말았네

잃어버린 나를 찾아
마을 고샅길로 되돌아가니
잠자리를 쫓는 아이가 있었네
분명히 어릴 적 나였는데
다가가니 어디론가 사라졌네

놀이터로 발길을 돌렸네
내가 그네를 뛰고 있더군
오랫동안 잊고 있었던 그네
반가워서 쫓아가니 헛것이었네

어릴 적 놀던 냇가로 갔네
모래밭에서 또래들과
두꺼비집을 짓는 내가 있어
반갑게 달려갔지만

모래만 햇살에 반짝였네

멧새 알을 뒤지던 골짜기에도
약수를 긷던 샘터에도
가는 곳마다 내가 있었지만
하나같이 허깨비였네

찾아야 해, 나를 찾아야 해
하지만 팔십 고개를 넘고 보니
지나온 세월마저 지워져
모두가 다 비워진 허사였네
잃어버린 나는 어디에도 없었네.

나목(裸木)

나뭇잎이 떨어지며
팔락이는 것은
헤어짐이 섭섭하여
흔드는 손짓이다

속으로 흐느끼면서
몸부림을 치는 거다

나뭇잎을 보내고
앙상하게 남은 줄기는
벌거벗은 몸보다
마음이 더 시리다

하늘은 더없이 멀고
잎 떠난 빈자리는
세상보다 더 넓다.

제3부

서울의 시골 사람

서울의 달

서울의 달은
아무도 보아주지 않아
쓸쓸하고 맥 빠진 표정이다

억새 숲을 헤치며
솔가지를 딛고 오르면
왁자하게 손 흔들어 반기던
시골 어린이들을 생각하며

빌딩 숲 사이로
소란스러운 거리를
두리번거리는 서울의 달은

매연에 그을려
부석하고 짜증난 얼굴로
고가도로 난간에 앉았다가
슬그머니 떠나간다.

시장 골목

충청도와 전라도
강원도와 경상도에서
고향을 버린 사람들
모두 여기 있구나

밤늦은 시장 골목
가스등 아래
멍게를 팔고
번데기를 외치며

서툰 하루를
남의 흉내로 사는
분이네 오빠
돌이 아저씨

소나기 밑고 간
밭이랑마다
팔 걷고 풍년을 심던

흙빛 주먹엔 호미가 없어도

착한 황소 눈엔
아직도 서려 있구나
전설 같은 고향 이야기.

집 찾기

추녀가 맞닿은 이웃도
누가 사는지 모른다.

몇 바퀴 돌아서
다시 오니
거기가 바로
내가 찾던 집.

호박 덩굴 대신
쇠꼬챙이와
가시철사가 무성한
높은 담장을 우러러보다가

'개조심'을 밀고
간신히 들어선 좁은 뜰 안엔
새장에 갇힌
카나리아 한 쌍.

뒷굽이 높아서

발끝으로만 걷는

아줌마는

어쩌면 그렇게도

마네킹을 닮았을까.

지하 다방

빌딩의 벼랑 끝에서
서성거리던 해님은

별빛보다 진한
오색 네온등에 쫓겨
한숨짓고 떠났다.

지하 다방
어두운 동굴 속에는
은반의 작은 계곡에서
샘물로 솟는 리듬이
스피커의 큰 입에서
폭포가 되어 쏟아지고,

눈꺼풀을
이층으로 다듬은
누나들은
물결에 밀리는 인어

노래에 몸을 싣고

찻잔을 나른다

원시인의 벽화 박힌
짙은 벽그늘에는
기계로 찍어낸
원색의 플라스틱 꽃들

구석 자리에 앉은
할아버지 한 분은
가슴속에 돌고 있는
모터에 귀를 모은다

늙음은 하릴없는 것
할아버지는 인간의 장기를
냉동 보관했다가 재생할
생명과학을 이야기한다.

밤 북악에서

바다를 보았겠지
끝없는 물결

물방울이 빛이라면
밤바다는
출렁이는 빛결로
살아 있는 별자리겠지

끝없이 펼쳐진
눈부신 소용돌이
굽이굽이 빛결 위로
부서지는 꽃불

돌고 달리고
치솟고 퍼지는…….

육백만 가슴으로
저마다 엮는 꿈이
찬란한 빛으로 피어

서울은 끝없는 별의 바다

어디서 쏟아져
어디로 흐를까?
이 별자리는

은하수 강변을
유성이 흘러가듯

나도 이 밤
북악을 흘러간다
한 개의 외로운 별.

거리의 소음

거리에는 벌떼처럼 몰리는
소리의 조각들이 있다
발톱에 날을 세우고
내 몸에 달라붙는다

숨 가쁜 차바퀴 소리가
살갗을 파고들면
눈이 동그래진 피들은
심장의 작은 방으로
우르르 몰려들고

공장을 빠져나온
악을 쓰는 망치 소리에
귀청이 아프다
머리가 쑤신다

서울 거리에는
시끄러운 소리가
우박이 되어 쏟아진다
몸 안에 쓰레기로 쌓인다.

물소리

맨홀을 빠져나오는 물소리는
숨이 가쁘다

발길에 짓밟히고
차바퀴에 갈리면서
회오리바람에 쫓기는
나비들처럼
지친 날개를 파닥이며
내 귓가에 매달린다

목욕탕 배수구나
음식점 구정물 통에서 모여들어
하수도를 흐르면서도
싸리꽃 피는
산골짝인 줄만 아는가?

졸졸졸
숨이 끊어질 듯 이어가는
하수도의 물소리.

네온사인

"내일 아침 신문!"
목소리에 끌려서
제 소리에 매달려서

저문 거리를 달리는
허기진 신문팔이 앞을
우뚝 막아서는
네온사인

당신은 너무 뚱뚱하군요
'살 빠지는 약 — 비스랄스'

소화가 안 된다구요?
'강력소화제 — 베스타제'

썼다간 지우고
지웠다간 다시 쓰는
빨강 파랑 불의 글씨

누구보고

살을 빼라는 건가?
누구에게
너무 먹었다는 건가?

꼬르륵!
우는 배를 안은
가느다란 목덜미는

불의 글씨보다 강한
검은 네온으로
내 가슴에 걸리는데

어두운 거리에는
메아리도 없구나
"내일 아침 신문!"
"……"

의족원

전쟁터에서
공사장에서
거룩한 이름으로 바친
팔과 다리를 위해

푸줏간 살코기처럼
진열장에 내걸린
의족, 의수들

포탄에 찢긴 다리를 보며
조국을 부르던 병사
톱니바퀴에 뜯긴 팔을 안고
어머니를 찾던 사람들

모두 여기 와서 찾는구나
그 잃어버린 팔과 다리

해진 신발을 바꾸어 신듯
뚝 잘려나간 팔다리를

여기 와서 때워 붙이고
하늘을 쳐다보는
표정 잃은 얼굴들

아! 비가 내린다
구멍난 가슴속으로

메아리도 없는 여울이
멍든 마음을 씻어 내린다.

만원 버스

체면과 질서를 밀어내고
간신히 뚫은 내 자리
아침 입석 버스

이것이 서울이구나
정말 비좁은 땅

위 아래 사방이
남의 몸에 눌려

내 몸뚱이는 어디 있나
천장에 매달린 손

사람 사이에 끼어
허공을 딛고 선 발

안간힘을 써도
챙길 수가 없구나
내 작은 몸뚱이

덜커덩!
정류장 푯말 밑에
짐짝처럼 내동댕이쳐진
이게 정말 나인가

꽁무니로 연기를 뿜으며
스컹크 버스는
저만큼 달려가는데

그래도 붙어 있구나
내 팔과 다리

다 따라 내렸구나
내 책가방
내 모자.

공기 오염

물은 상수도로 씻지만
걱정이구나
더럽혀진 공기

자동차 가스와
기름 먼지에 그을려
병든 가로수

그 아래
숨이 막혀 죽었구나
봄꿈을 안고
찾아왔던 풀씨들

계절 잊은 뜰 안엔
목마른 장미
플라스틱으로 만든
표정 없는 꽃송이

하이얀 얼굴의 소녀는
등의자에 누워
소화제를 먹는다.

제4부

어머니는 떠나시고

고향 마을

놀이 찾아드는 마을의 고샅길
오고 가는 사람은 낯이 설어도
담 밑에 제비꽃은 옛적 그대로

송홧가루 곱게 뜬 마을 시냇물
빨래터의 주인은 바뀌었어도
졸졸졸 물소리는 그때 그 소리

어릴 적 내 놀던 마을 앞 빈터
키를 넘게 자라난 감나무 그늘
소꿉놀이 아이는 옛날 내 모습

호박꽃 피고 지는 수수 울타리
추녀 끝에 깃드는 참새네 가족
어머니가 사셨던 초가 우리 집.

동산병원에서

동산병원 460호
중환자실

검진판의 눈금 위를
숨 가쁘게 기어 내리는
어머니의 여윈 숨결은
끊어질 듯 이어지고

남은 목숨의 양을
한 장 그래프로 재는
흰 가운의 의사는

늙은 역장처럼
표정이 없어서
더욱 서러웠습니다

철이 가면 거두어질
세월은 한 잎 낙엽
알뜰히 섬기던 목숨도

떨어져갈 꽃잎인데

한 세상 닫는 순간이
그리도 엄숙하여서
납처럼 무거운 세상
어머니는 말이 없습니다.

외로운 나그네

개찰은 끝났습니다

저무는 역머리
막차를 기다리는 대합실

종착역을 모르고 떠나는
외로운 나그네에겐
아무것도 갖지 못한
빈손이 더욱 허전한데

어머니는 조용히
나를 바라보셨습니다
이젠 떠나야겠다고……

아! 이 순간을 나는
어떻게 해야 합니까?

삶이란 첩첩 산길

고개 너머 또 고개라

어머니 삼베 적삼
땀 마를 적 없었는데

지금은 저 편안한 모습
나는 정말 어쩝니까?

목숨이 짐이었다면
버리면 다 잊는 것을

스스로 멍에를 지고
살아온 육십 평생이

뻐꾸기 목멘 울음에
새 하늘로 열립니다.

그 뜨겁던 불씨

목숨이 산다는 것이
불꽃 같은 것이라면
활 활 활 날며 타는
횃불일 수도 있을 텐데
어머니 지나온 일생은
잿불 같은 것이었네

제 몸을 나누어서
새 빛으로 피워주며
언제나 아궁이 깊이
없는 듯 숨어 있어
보듬어 속으로 뜨거운
그러한 불씨였네

그 불이 다 사그라져
마지막 꺼지던 날
하늘과 땅 사이는
다 빈 듯 허허롭고
이 세상 모든 빛들이
함께 따라 떠났네.

어머니 제삿날

친척들이 모두 모였습니다
어머니 제삿날

큰방에서도 건넌방에서도
어머니 얘기들입니다

"자식들 잘되라고 칠성님께 빌고⋯⋯."
어머니를 닮으신 외산촌의 입 모습

"무릎엔 피가 맺혔지. 여름내 두레삼으로⋯⋯."
이모의 목소리는 꼭 어머니 같았어요

세 아기를 가진 등 너머의 누이동생
윤기 잃은 머리칼 흰 무명 치마가
어쩌면 그렇게도 어머니를 닮았는지

아직도 나는
어머니 품에 있습니다.
그의 모습을 보며
목소리를 들으며.

다시는 오지 않을

텃밭 강냉이는 자라고
울바자의 제비콩도 여문다
어머니가 없어도

아침이면 해가 뜨고
저녁이면 별이 빛난다
어머니는 가셔도

아! 그러나 이제는
이 모두가 슬픔인 것을

알고 있을까?
우물가 향나무는
어머니가 뵈지 않는 이유를

정말 모르고 있을까?
논밭의 곡식들은
어머니 손길이 닿지 않는 까닭을

밭에서 김을 매고

울 따라 꽃을 심던
투박한 그 손길

서산에 걸린 노을
물젖은 별을 보며
풍년을 헤아리던 그 모습

지금은 어느 하늘에서
향나무 샘에 물을 긷고
씨 뿌리고 김매실까?

다시는 오지 않을
어머니, 우리 어머니.

당신이 가신 삼월

어머니!
나는 꽃이었지요
당신의 가지에서

햇볕보다 뜨거운 정
눈물겨운 사랑을 모아
소망으로 피워 올린
당신의 꽃이었지요

어머니!
나는 과일이었지요
당신의 가지에서

먹구름이 몰고 오는
비바람의 아픈 나날
하늘 같은 소망으로
익혀온 과일이었지요

그러나, 어머니!

나는 몰랐습니다

매운 눈보라
긴긴 겨울밤을
내가 없는 자리가
당신에겐 그토록
시리고 아픔인 것을

왜 기다리지 않으셨나요
내가 그걸 알게 될 때를

당신이 가신 삼월은
새봄도 눈물입니다
쏟아질 통곡도 막혀
사방은 적막이옵니다.

어머니의 베틀

어머니가 짜시던
보름새 안동포 베틀

짜그락 딱!
딸그락 째깍!

도투마리 밑을 기어다니며
뱁댕이를 줍던 내 어린 날

끌신에 담긴
어머니의 버선코가
연적처럼 예뻤습니다

어머니 손발을 따라
용두머리가 울고
베틀은 살아서
온몸을 꿈틀거렸습니다

그때는 새색시였지요

참 고우시던 우리 어머니

어느덧 세월은 가고
살구꽃 환한 뜰 안

어머니 가신 날은
또다시 돌아와도
생각의 거리 밖에서
쭉지 접고 낡는 베틀

헛간으로 밀려난
어머니의 베틀.

그대로입니다

이젠 골동품이 된
고방 속의 꾹단지

아버지는
일본 탄광에 가시고
할아버지는
술로 세월을 잊던 시절

깨소금을 담아놓고
나에게만 주시던

잔금이 진 조선 백자기
어머니의 꾹단지

처마 한귀퉁이에서
잊혀져가는
넓적한 돌 하나

우리들 고까옷 손질에

그 많은 낮과 밤을
어머니와 함께 지낸
매끈하게 닳은
어머니의 다듬잇돌

광을 열고 봐도
부엌을 둘러봐도

어느 것이나
그대로입니다
어머니 손에서 길이 든 대로.

어머니, 그 이름은

어머니, 그 이름은
두고 온 고향 마을.

오솔길 꽃가마에
다홍치마 곱던 사연,
돌각담 초가삼간
전설 담은 등불이네.

어머니, 그 이름은
서러운 고향 하늘.

서낭당 돌무더기
원을 실어 탑이 되고,
억새 숲 영마루에
그리움의 달이 뜨네.

어머니, 내 어머니
이제는 멀어간 별.

하많은 사연으로

높푸른 청자 하늘,
그리움은 영원의 정
눈물 같은 옛이야기.

기다림

수수깡 울타리
호박잎에 비 내리는 소리

들로 가신 어머니는
오늘도 웬일일까

비안개 줄기줄기
몰아 넘는 당잿마루

삽을 메신 어머니는
어느 논귀에 서 계실까?

비에 젖은 삼베 적삼
얼비치던 젖무덤

이 비를 다 맞으시고
어머니는 웬일일까?

도롱 삿갓 손에 들고

아기는
눈물을 글썽이는데

범밭둑 옷샘터에
뿌리박는 쌍무지개.

어머니 무명 치마

구름 너머 고향을 두고
그리움을 앓던 나날
어머니 무명 치마는
굽이굽이 푸른 산자락,
언제나 내가 쉴 곳은
거기 두고 있었네.

괴로움의 그늘에서도
즐거움을 기르시고
미움도 어루만져
사랑으로 가꾸시던
어머니 높은 산맥에
나 하나는 무얼까?

때로는 바람을 맞고
눈비에 지친 날에도
그 품에 깃을 풀면
꽃이고 잎이었지만
끝내 그 높은 뜻은
헤아리지 못했네.

제5부

고갯길의 신화

보리 향기

유월 햇살이
자글자글 끓는 산밭

파랗게 줄을 선
보리 이랑 사이로

풋보리 향기가
찰랑찰랑 넘쳐서

굶주리던 보릿고개
옛 얘기가 흘러요.

백두산 천지

먼 옛날 단군왕검께서
신단수에 내린 이슬을
정화수로 받아 담고
새 하늘을 빌어 열던 물그릇

오늘은 칠천만 겨레가
가슴에서 솟는 눈물을
정안수로 채우면서
남북통일을 기원하는 물그릇.

고갯길의 신화

호랑이 담배 피울 적에
짚신 감발로 걸어 넘던
서낭당 오솔길에는
맑은 옹달샘이 있어
목마른 길손들이
물을 그냥 마셨다는데

기계가 지배하는 지금은
승용차로 달려 넘는
고갯마루 휴게소
자판기가 기다리다가
목마른 승객들에게
음료수를 팔고 있다.

금강초롱꽃

아득한 옛날 옛적
금강산 골짜기에
부모를 모두 잃은
불쌍한 오누이가

약초를 캐어 팔아서
어렵사리 살았대요

채약 간 남동생이
저물어도 오지 않자
초롱을 밝혀 들고
집을 나선 누나는

밤새워 동생을 찾아
온 산을 헤맸어요

그러다 지친 끝에
숲 속에 쓰러져서
초롱을 밝혀 든 채

잠이 든 누나 넋이

꽃으로 피어났다는
금강초롱 우리 꽃.

*   금강초롱꽃은 우리 특산종인데도 일제 때 일본 사람들이 알아냈
    으므로 일본의 초대 조선공사 하나부사 요시모토의 이름을 딴 '하
    나부사야 아시아티카 나카이(Hanabusaya asiatica Nakai)'를 이 꽃
    의 국제 학술명으로 쓰고 있다.

돌하르방

제주도의 돌하르방은
사람 모습을 하고 있는
남자의 거시기입니다

바다가 삶의 터전인 제주도는
집에 있는 사람보다
바다에 잠든 남자들이 많았기에
밤이 길고 무서운 여자들은
마음을 기댈 곳이 없었습니다

남자의 거시기를 본떠서
벙거지 쓴 돌하르방을 만들어
가까이 두고 위안을 삼은 것이
어느덧 수호신이 되었습니다

동구 밖에 세워두면
마을을 편안하게 감싸주고
대문 앞에 세워두면

집안을 지켜준다고 믿었습니다

남자 없는 마을을 품어 안고
여자뿐인 집안을 지켜주는
거시기 모양의 돌하르방

제주도에서만 수천 년을 살며
바람 많은 섬마을에서
밤이 길고 무서운 여자들의
마음을 다독거려주고
모두의 연인이 된 돌하르방

제주도의 돌하르방은
사람 모습을 하고 있는
남자의 거시기입니다.

타임캡슐

분꽃 씨 몇 개를 따서
종이봉투에 담는다

바람을 흔들던 파란 잎과
벌 나비를 부르던 분홍 꽃과
하얀 분가루를 담은 씨앗이
봉지 속에서 겨울을 난다

서울 남산골 한옥마을에는
서울천년타임캡슐을 묻었다

서울 천도 천 년이 되는
사백 년 뒤에 두껑을 열면
지금의 우리 모습이
생생하게 펼쳐질 것이다

내가 종이봉투에 따 담은
이 분꽃 씨 몇 개도
겨울을 나고 봄이 와서

꽃밭에 심어지면

잎이 나오고 줄기를 뻗고
꽃을 피우고 벌 나비도 불러
올해의 모습을 그대로
내일에 펼쳐 보여줄 것이다

분꽃 씨 한 개는 작지만
오늘의 땅과 하늘을 담은
참으로 큰 타임캡슐이다.

고향 생각

어릴 때 먹은 과일과 곡식
그것을 가꿔주던 흙의 정성

약수로 불리던 맑은 샘물
그것을 내어주던 샘의 마음

나를 품어준 산과 들판
그들이 베풀어준 큰 사랑

그 모두가 내 안에 있어
지난날을 돌아보게 한다.

합정동(蛤井洞)* 찬가

서호(西湖)**를 주유하던 신령한 조개들이
양화진 북동쪽의 강안을 바라보니
한 폭의 수묵화처럼 풍광이 고왔어요

참으로 아름답네, 저기 가서 살아야지
조개들은 강을 나와 명당을 확인하고
삶터로 우물을 파고 새살림을 차렸어요

강물을 풀어주는 누에머리 잠두봉과
신선이 와서 노는 선유도가 곁에 있어
요지(瑤池)가 이곳이라고 사랑하며 살았대요

행복한 날과 달은 무심하게 흘러가서
그들의 이야기는 세화(歲華)에 지워져도
이름은 그대롭니다. 조개우물 ─ 합정동.

*   합정동(蛤井洞) : 조개우물골(蛤井洞)이란 뜻임(合井이 아님).
** 서호(西湖) : 옛날 한강을 압구정 쪽은 동호(東湖), 마포 쪽은 서호
    (西湖)라 불렀음.

난지도(蘭芝島)

밀월만 같은 갈대숲을 따라
옥류가 모래톱을 씻어내리고
꽃향기 흐르는 바람 속에서
벌 나비가 춤을 추는 난지도는
모두가 자랑하던 꽃섬이었지

그런데 서울이 비대해지면서
그 많은 쓰레기를 혼자 받아
역겨운 냄새와 먼지로 뒤덮여
개창(疥瘡)으로 짓무른 무엇처럼
혐오스럽게 변했었지 그 꽃섬이

그것이 산꿩이 깃든 푸른 숲과
물고기가 헤엄치는 호수가 있고
꽃과 잔디가 어우러져 지금은
세계가 선망하는 낙토가 되었지
새롭게 태어난 우리의 사랑 꽃섬.

*   난지도는 난초(蘭草)와 지초(芝草)의 섬이란 뜻이다. 1977년부터

1993년까지 서울의 쓰레기 매립으로 1.75제곱킬로미터 부지에 9,100만 톤(8.5톤 트럭 1,300만 대 분량)의 쓰레기가 평균 90미터 높이로 쌓였는데, 2002년 월드컵대회 때 경기장과 공원으로 탈바꿈했다.

대구

자갈치시장 어물전 함지에
대구가 나란히 담겨 있다
이름이 '큰 입'인 자기들보다
입이 백 배도 더 큰 함지에
한껏 입을 벌리고 누워 있다

동해에서 북양까지를 누비며
바다를 삼켰다간 내뱉으면서
'큰 입'을 자랑하던 대구는
온몸이 입뿐인 함지 안에서
잔뜩 기가 질린 표정이다

벗어놓고 떠나온 목숨이야
제 아가미를 들고 나던 바다를
누더기로 떠돌고 있겠지만
입이 커서 대구라는 이름은
영세불망 만인지(萬人知)라

대구는 영원한 '큰 입(大口)'이라는

자존심 하나로 몸을 지탱하며
함지를 반야용선으로 하여
왕생극락의 꿈길을 갈 것이다.

고등어

농부였던 내 아버지는
때로는 나무 장사도 했었다
5일장 안동장을 가신 날은
나무를 지고 갔던 지게뿔에
고등어 한 손을 매달고 오셨다

고등어 한 손은 두 마리
내장을 빼내버린 빈 뱃속에
큰 놈이 작은 놈을 품어 안고
소금으로 간을 맞춘 그것이
안동 간고등어의 원조였다

쉬지 않고 꿈틀거리는
바다의 푸르고 억센 기백이
그 몸속으로 이어 흐르는
등푸른 생선인 고등어는
팔모반상에 자반으로 오르면
켕하게 열려 있는 두 눈이
물젖은 노을처럼 애잔했다.

긍정의 시학

맹문재

1

 김종상 시인의 시 세계는 자신이 지향하는 길을 긍정적으로 인식하고 걸어가는 노래들이라고 볼 수 있다. 시인은 삶을 영위하는 일이 거리에서 찬바람을 맞는 것과 같이 만만하지 않다고 여기지만 회피하거나 물러서지 않고 기꺼이 맞선다. 비록 부조리한 상황에 놓여 있다고 할지라도 자신의 인간 존재성을 자각하고 극복해나가고 있는 것이다. 그리하여 시인의 노래들을 듣고 있으면 마틴 셀리그만이 제시한 긍정심리학이 자연스럽게 떠오른다.

 셀리그만은 그동안의 심리학이 정신질환의 치료에만 관심을 두었는데, 인간에게 올바른 것이 무엇인지에 대한 연구가 보다 필요하다고 주장했다. 실제로 심리학은 지난 50년 동안 우울증

이나 정신분열증같이 애매모호했던 증상들을 상당히 진단했고 정신질환의 발병 과정, 유전적 특징, 생화학적 작용, 심리적 원인 등에 대해서도 방대한 지식을 축적했다. 그 결과 30여 가지의 심각한 정신질환 중에서 14가지는 약물 치료나 특수 심리 요법 등으로 효과를 보고 있고 2가지는 완치까지 가능하다. 그렇지만 삶을 불행하게 만드는 심리 상태를 완화하는 데 치중하다 보니 삶의 긍정적 가치를 부각시키는 노력은 소홀히해왔다. 따라서 약점을 보완하는 데 시간을 투자하기보다는 의미 있는 일에 추구하는 면이, 삶을 불행하게 만드는 부정 심리보다는 긍정 정서를 연구하고 미덕을 살려내는 일이 필요한 것이다. 개인의 강점을 발견하고 계발해서 일, 사랑, 자녀 양육, 여가 활동 등에 활용하면 행복을 실현할 수 있는 것이다. 이처럼 긍정심리학은 개인과 사회를 발전시키는 장점과 강점을 연구하는 심리학의 한 분야로 정신질환을 치료하기보다는 인생에 충실하려고 한다. 고통을 완화하거나 개인의 수준을 정상으로 올리기보다는 현재의 상태를 더 우수한 수준으로 높이는 데 관심을 갖는 것이다.[1]

김종상 시인의 시 세계에는 셀리그만이 제시한 긍정의 정서가 놓여 있다. 긍정적인 자세로 자신이 선택한 길을 걸어가고 인연들을 끌어안는다. 지적인 영역과 창의적인 영역을 구축해 삶의 자원으로 활용하고, 신체적인 영역을 확장시켜 인내심을 키

---

1 Martin E.P. Seligman, 『긍정 심리학』, 김인자 · 우문식 역, 물푸레, 2016, 12~16쪽.

우고, 심리적인 영역을 심화시켜 불안감이나 좌절감이나 무기력이나 분노 같은 부정 정서를 긍정 정서로 전환한다. 알렉산드르 블로끄가 "삶은 시작도 끝도 없다. / 우리 모두를 숨어 살피는 우연. / 우리 위에는 피할 수 없는 어스름, / 혹은 신의 얼굴의 광명. / 그러나 그대 예술가여, 굳게 믿을지어다 / 시작과 끝의 존재를. 그대는 알지어다 / 천국과 지옥이 어디서 우리를 지켜보고 있는지를. / 그대는 침착한 잣대로 보이는 모든 것을 헤아려려 한다. / 우연한 윤곽들을 지우라— / 그러면 알게 되리니, 세계는 아름답다는 것을. / 어디가 빛인지 알지어다. 그러면 어디가 어둠인지 알게 되리니. / 세상의 신성과 세상의 죄악, / 그 모든 것이 천천히 지나가게 하라, / 영혼의 열기와 이성의 한기를."(「삶은 시작도 끝도 없다」 전문)[2]이라고 노래한 세계관과 같은 것이다.

인간의 삶은 자신의 의지와 상관없는 우연이, 인간이 피할 수 없는 신이 지배하고 있는지 모른다. 삶은 시작도 끝도 없는 어스름과 같다고 볼 수 있는 것이다. 그렇지만 블로끄는 예술가는 시작과 끝이 존재한다는 것을 믿어야 한다고 제시했다. 천국과 지옥이 인간을 지켜보고 있다는 사실을 인정하고 살아가야 이 세상의 어느 곳이 빛이고 어느 곳이 어둠인지 알게 되어 살아갈 만한 곳을 선택하고 올바른 자세를 갖는다고 보았다. 결국 이 세계를 아름답고 살아갈 만한 곳으로 인식하고 적극적으로 적

---

2 Alexandr Alexandrovich Blok, 『삶은 시작도 끝도 없다』, 이명현 편역, 창비, 2014, 60쪽.

응하는 것이다.

적응이란 르네 듀보(Rene' Dubos)가 『적응하는 인간』에서 말했듯이 주어진 환경에 수동적으로 따르는 것이 아니라 인간다운 삶을 영위할 수 있는 환경을 만들어가는 것이다. 타락한 환경에 순응하는 것이 아니라 인간 가치를 실현할 수 있는 환경을 이루는 것이다. 우리가 살아가는 이 자본주의 사회는 환경오염이 심각하고 신뢰할 수 없는 광고들이 넘쳐나고 돈으로 얽힌 비정한 사건들이 매일 일어나는 등 많은 문제점을 안고 있다. 따라서 이 타락한 사회에 안일하게 순응하려는 자신을 반성하고 삶의 주체성을 가지고 영위해 나가야 한다. "오, 나는 미친 듯 살고 싶다./모든 현존을 영원케 하고/몰개성적인 것을 인간화하며/이루어지지 못한 것을 구현하고 싶다!"(「오, 나는 미친 듯 살고 싶다」)[3]고 노래할 필요가 있는 것이다.

2

바람이 불어옵니다
옷깃을 파고드는
모래바람입니다

---

[3] 나머지 부분은 다음과 같다. "삶의 불안한 꿈으로 가위눌리고/그 꿈속에서나 숨 막히면 어떠리./어쩌면, 미래에 쾌활한 젊은이가/나에 관해 이렇게 말할지도.//음울함을 용서합니다. 정말이지 그건/그의 은밀한 원동력 아니겠어요?/그는 온전히 선과 빛의 아이/그는 온전히 자유의 제전!"(위의 책, 65쪽).

바늘바람입니다

산다는 것은
세상 산다는 것은
거리로 나와서
바람을 맞는 일입니다

버려진 종이가
바람에 날립니다
산다는 것은
곧 그런 것입니다.

— 「산다는 것은」 전문

"바람"은 작품의 화자에게 가해하고 있다. "옷깃을 파고드는" 공격으로 화자를 움츠러들게 하고, "모래바람"으로 화자를 넘어뜨리고, "바늘바람"으로 화자를 아프게 한다. "바람"은 "모래바람"과 "바늘바람"에서 보듯이 유사성과 인접성으로 결합되어 강하기만 하다. 그리하여 "바람"의 공격이 지속된다면 화자는 떨어지는 나뭇잎과 같은 운명이 되고 만다. "바람"에 맞서 자신을 지키지 못하면 "버려진 종이가/바람에 날"리는 것과 같은 상황에 처해질 수밖에 없는 것이다. 그렇지만 작품의 화자는 움츠러들거나 쓰러지지 않는다. 두려워하거나 아파하지도 않는다. "산다는 것은/세상 산다는 것은/거리로 나와서/바람을 맞는 일"이라고, "곧 그런 것"이라고 인식하고 당당히 맞선다.

이 세계에 대한 태도에는 허무주의와 비관주의 그리고 낙관주의를 들 수 있다. 허무주의는 자신의 삶에 절대적인 진리나 도덕이나 가치 등이 존재하지 않는다고 보고 기존의 권위 등을 부정한다. 비관주의는 이 세계는 본래 불합리한 비애로 가득해 행복도 덧없고 일시적인 것이라고 여긴다. 이에 반해 낙관주의는 이 세계가 선(善)을 향해 나아가기 때문에 즐겁게 살아갈 필요가 있다고 생각한다. 작품의 화자가 "세상 산다는 것은/거리로 나와서/바람을 맞는 일입니다"라고 노래하는 것은 낙관주의에 속한다. 자신의 생애를 방해하거나 억압하는 환경에 맞서는 것이다. 곧 "벌판을 지나면 언덕이 기다리고/언덕을 넘으면 산이 막아서지만/그래도 쉬지 않고 가"(「우리 사는 일」)는 것이다.

걸림돌이 되던 돌부리도
빗물 괴면 디딤돌 된다

고질병에 점 하나 찍으면
고칠병이 되지 않느냐

사는 일이 힘들 때는
긍정의 점 하나 더하자

빚에도 점 하나 보태면
빛이라는 희망이 되고

기망(欺罔)도 점 하나 더하면
가망(可望)으로 바뀌지 않느냐

안 된다는 부정보다
된다는 긍정에 방점을 두자.

—「긍정의 방점」 전문

　위의 작품의 화자는 어떤 사실이나 생각에 대해 옳다거나 그렇다고 인정하는 "긍정"의 가치를 자기 발전으로 추구하고 있다. "고질병에 점 하나 찍으면／고칠병이 되지 않느냐"라고 강조한 것이 그 모습이다. 고통을 완화하고 질환을 치료하는 데 관심을 갖기보다는 긍정적인 마음으로 자신의 강점을 부각시키고 있는 것이다. "빚에도 점 하나 보태면／빛이라는 희망이" 된다거나 "기망(欺罔)도 점 하나 더하면／가망(可望)으로 바뀌지 않느냐"라고 강조하는 것도 마찬가지이다. 그리하여 화자는 "안 된다는 부정보다／된다는 긍정에 방점을 두자"라고, "사는 일이 힘들 때는／긍정의 점 하나 더하자"라고 노래한다.

　긍정하는 마음을 가질수록 지적, 신체적, 심리적, 사회적 자원을 구축해 위기의 상황에 활용하거나 기회의 상황을 만든다. 비관적인 생각을 버리고 자신감을 갖고 어려움이 생겨도 회복력을 발휘한다. 신체 활동력을 키워 근육이나 심장 혈관 등을 건강하게 만들고 면역력을 높인다. 정보에 많은 관심을 기울여 생산성과 직업 만족도를 높인다. 사회적 자원도 풍부하게 만들어 자기중심적인 사고에서 벗어나 융통성 있는 사고 작용을 촉진시켜 상대방과의 유대감 혹은 안정적인 애착을 만든다. 사랑이나 목표 달성을 위한 밑거름을 이루고 문제 해결 능력이나 열정을 발휘한다. 사회 활동 시간을 늘려 참여율을 높이고 이타심을 발휘하고 다른 사람과 함께 행운을 나눈다. 분노나 불안이나 무기력 같은 부정 정서를 줄이고 역경을 극복할 수 있는 긍정적인 자세를 키운다.[4] 작품의 화자는 이와 같은 거울로 아버지와 어머니를 소개하고 있다.

3

또다시 봄이 오니
막골 산밭머리에 있는
어머니 아버지 유택에도
봄풀이 파랗게 돋았다

평생 거기에서 일하셨던
아버지 어머니였기
봄풀이 돋은 밭머리에
누워만 계시진 않을 것이다

아버지는 새벽같이 일어나
누렁소와 쟁기질을 하거나
못자리판 피사리를 할 것이다

---

4 마틴 셀리그만, 앞의 책, 85~109쪽.

아니면 터만 남은 옛집
그 빈 마당에 풀을 뽑고
사립을 손질할지도 모른다

어머니도 그러실 것이다
텃밭의 채소에 거름을 주고
울바자에 호박순을 거두거나

집 안에 들어가 마루를 닦고
묵은 빨래를 씻어 널거나
뒤란의 장독대를 돌아보며
장맛을 걱정하실지도 모른다

봄풀이 파랗게 돋아나는
이 좋은 봄날에
절대로 가만히 누워만 계실
어머니, 아버지가 아니다

못난 이 자식을 생각하며
어머니는 여름옷을 손질하고
아버지는 시장에 가서
고무신을 찾으실지도 모른다

봄이 오고 농사철이 되면
막골 산밭머리 유택에 계신
내 어머니, 아버지는
생전에 하셨던 대로 아침 일찍

논밭으로 나가셨을 것이다.

―「새 풀이 돋으면」 전문

　작품의 화자는 돌아온 봄날 "막골 산밭머리에 있는 / 어머니 아버지 유택에" 찾아갔다가 "봄풀이 파랗게 돋"은 것을 발견한다. 그리고 그 "봄풀"을 바라보면서 당신들이 "평생 거기에서 일하"던 모습을 떠올린다.

　화자에게는 "아버지 어머니"의 일하는 모습이 생전의 수많은 장면들 중에서 우선적으로 떠오른다. 아침이나 저녁이나, 날씨가 좋은 날이나 흐린 날이나, 평일이나 휴일이나 다르지 않다. "아버지는 새벽같이 일어나 / 누렁소와 쟁기질을 하거나 / 못자리판 피사리를" 하거나 "마당에 풀을 뽑고 / 사립을 손질"한다. "시장에 가서 / 고무신을 찾"기도 한다. "어머니도 그러"해 "텃밭의 채소에 거름을 주고 / 울바자에 호박순을 거두"고, "자식을 생각하며" "여름옷을 손질"한다. 또 "집 안에 들어가 마루를 닦고 / 묵은 빨래를 씻어 널거나 / 뒤란의 장독대를 돌아보며 / 장맛을 걱정"한다.

　그리하여 화자는 "봄풀이 파랗게 돋아나는 / 이 좋은 봄날에 / 절대로 가만히 누워만 계실 / 어머니, 아버지가 아니다"라고 생각한다. "봄이 오고 농사철이 되"었기에 "생전에 하셨던 대로 아침 일찍 / 논밭으로 나가셨을 것"이라고 확신하는 것이다. 화자의 이와 같은 면은 "어머니"를 부르는 경우 더욱 여실하다.

수수깡 울타리
호박잎에 비 내리는 소리

들로 가신 어머니는
오늘도 웬일일까

비안개 줄기줄기
몰아 넘는 당잿마루

삽을 메신 어머니는
어느 논귀에 서 계실까?

비에 젖은 삼베 적삼
얼비치던 젖무덤

이 비를 다 맞으시고
어머니는 웬일일까?

도롱 삿갓 손에 들고
아기는
눈물을 글썽이는데

범밭둑 옷샘터에
뿌리박는 쌍무지개.

　　　　　　　　　　　　　　　—「기다림」 전문

위의 작품의 화자는 "아기"가 되어 어린 시절의 한순간에 서

있다. 화자는 "수수깡 울타리" 곁에서 "호박잎에 비 내리는 소리"를 들으며 "들로 가신 어머니"를 기다린다. "어머니"는 "비안개 줄기줄기／몰아 넘는 당잿마루" 너머에 있는 논에 일하러 가 돌아오지 않고 있다. 그리하여 화자는 "삽을 메신 어머니는／어느 논귀에 서 계실까?" 하고 걱정한다. "도롱 삿갓 손에 들고" 있지만 전해줄 수 없어 "비를 다 맞으시"는 "어머니"를 마냥 안쓰러워하고 있는 것이다.

 "어머니"는 가난한 살림을 이끌기 위해 비가 와도 눈이 와도 바람이 불어도 폭염의 날씨에도 온몸을 다해 일한다. 당신이 마땅히 해야 할 직분으로 여기고 힘들어도 회피하지 않고 감당한다. 화자는 그 "어머니"를 위해 "범밭둑 옷샘터에／뿌리박는 쌍무지개"를 내놓고 있다. 가족을 위해 헌신한 당신께 보답하려고 황홀하도록 아름답고 희망과 행운을 상징하는 "쌍무지개"를 마련한 것이다. 자신의 운명을 긍정하고 일하는 어머니의 모습은 다음의 글에서도 볼 수 있다.

 어머니가 자진해서 떠맡은 일은 모두가 싫어하는 분쇄기 일이었다. 틀 하나에서 여러 개의 제품이 이어져 나오기 때문에 제품과 제품 사이에 아니면 제품 외부에 바리라고 불리는 불필요한 부분이 이어지기도 한다. 또한 불량품이 대량으로 생기는 일도 허다하다. 던져버리면 그만이지만 경제적인 면에서는 그럴 수도 없다. 그런 쪼가리 제품을 분쇄기에 넣어 알갱이 또는 분말 상태로 만들어 새로운 연료에 섞어 재생해서 이용해야 한다. 분쇄기 소음과 날리는 화학연료의 분진 때문에 이 일을 하려면 귀와 입은 물론이고 코까지 막아야 한다. 수건으로 입과 코를 감싸는 등 나름의 방법을 취해보긴 하지만 분진을 막기에는 역부족이다. 그러니 모두가 그 일을 하지 않으려 했고 단숨에 산처럼 쌓이고 말았다. 그렇지 않아도 비좁은 공장이 포화 상태에 이를 수밖에 없다. 그런 분쇄 일을 어머니는 자진해서 했다. 그것으로 공장의 모든 일을 하나에서 열까지 어머니가 뒷받침하고 있다는 자부심을 긍지로 살아온 것 같다. 그런데 화학연료 속에는 유리수지가 포함되어 있어 잠시 옆에 있기만 해도 눈이 따끔거릴 정도였다. 이런 환경에서 장시간, 아니 장기간에 걸쳐 노출되다 보면 몸에 좋을 리가 없다. 과학적 지식이 전혀 없다고 해도 그러한 사실을 어머니가 모를 리는 없을 텐데도 그 일을 오랫동안 맡아온 것이다.

— 「어머니와 자전거」 부분[5]

일제강점기에 일본으로 건너가 정착한 제주도 출신 부모로부터 1950년 오사카에서 태어나 그곳에서 성장하고 대학과 대학원을 졸업한 뒤 현재 오사카경제법과대학 아시아연구소 객원교수로 재직 중인 현선윤의 산문 중 일부이다. 그의 "어머니"는 학교를 다닌 적이 없고 글자를 쓸 줄 몰랐지만 일본어를 일본인들만큼 구사했는데, 당신의 삶을 위해서는 물론 자식의 삶에 방해가 되지 않으려고 피나는 노력을 한 것이다. "어머니"의 그 헌신적인 모습은 "모두가 싫어하는 분쇄기 일"을 자진해서 맡은 데

---

5 현선윤, 『어머니와 자전가』, 서혜영·한행순 역, 푸른사상사, 2015, 41~42쪽.

서도 확인된다. "분쇄기 소음과 날리는 화학연료의 분진 때문에 이 일을 하려면 귀와 입은 물론이고 코까지 막아야" 할 정도로 힘들었다. 그리고 "화학연료 속에는 유리수지가 포함되어 있어 잠시 옆에 있기만 해도 눈이 따끔거릴 정도"로 건강에 좋지 않았다. "이런 환경에서 장시간, 아니 장기간에 걸쳐 노출되다 보면 몸에 좋을 리가 없"는데도 불구하고 "어머니"는 기꺼이 맡았다. "공장의 모든 일을 하나에서 열까지 어머니가 뒷받침하고 있다는 자부심"을 갖는 차원을 넘어 이국에서 아니 적국에서 뿌리박으려고 헌신한 것이다.

이처럼 어머니는 자식에게 언제나 목이 메는 이름이다. 자식의 생명을 탄생시킨 근원일 뿐만 아니라 자식의 어려움도 슬픔도 원망도 절망도 온몸으로 끌어안는다. 자식의 기쁨에는 한없이 즐거워하고, "내가 기침만 해도/어머니는 몸살을 앓"(「익모초」)을 정도로 자식의 고통에는 한없이 아파한다. 투박한 손으로 자식의 등을 다독여주고, 온몸으로 자식의 양식을 마련해준다. 그리하여 어머니는 자식의 마음속에서 밤하늘의 은하수처럼 빛난다. 하늘 아래 첫 이름으로 불리는 것이다.

4

작품의 화자가 자신의 어머니와 아버지를 작품에 등장시킨 것은 주어진 운명을 긍정하며 당신들의 길을 걸어갔기 때문이다. "삶이란 첩첩 산길/고개 너머 또 고개라/어머니 삼베 적삼/땀 마를 적 없"(「외로운 나그네」)이 걸어간 것이다. 따라서 당신들의 일은 단순히 노동의 영역에만 속하는 것이 아니라 그 이상의 의미를 갖는다. 가난한 농부의 삶이 결코 나아질 전망이 보이지 않지만 포기하지 않고 기꺼이 감당했기에 일상적이면서도 숭고한 것이다. 마치 카뮈가 『시시포스 신화』에서 제시한 반항과 같은 것이다.

"어떤 경험, 어떤 운명을 산다는 것은 그것들을 전적으로 받아들인다는 것이다. 그런데 운명이 부조리하다는 것을 알면서도, 의식에 의해 밝혀진 이 부조리를 자기 자신 앞에 고스란히 붙잡아 두기 위해 모든 것을 다하지 않는다면, 그 운명을 살아내지 못할 것이다. 부조리의 존재방식인 대립의 여러 항목들 가운데 어느 하나를 부정하는 것은 결국 부조리를 회피하는 것이나 다름없다. 의식의 반항을 폐기한다는 것은 곧 문제 자체를 교묘하게 피해가는 것이니 말이다. 이렇듯 항구적 혁명의 테마는 개인의 경험 차원으로 옮겨진다. 산다는 것, 이는 곧 부조리를 살려 놓는 일이요. 그리고 부조리를 살려 놓는다는 것, 이는 그 무엇보다도 부조리를 주시하는 일을 뜻한다."[6]고 카뮈는 말했다.

카뮈는 한 개인을 짓누르는 운명을 확인하는 과정에서 체념을 극복하고 삶의 위대한 가치를 회복했다. 실존자로서 자신의 어둠에 끊임없이 대면하고 현존을 인식한 것이다. 카뮈가 이와

---

6 Albert Camus, 『시시포스 신화』, 오영민 역, 연암서가, 2014, 95~96쪽.

같은 자세를 견지할 수 있었던 것은 부조리 상황에 대해 반항했기 때문이다. 카뮈는 포도농장 저장 창고의 노동자였던 아버지와 글을 모르고 말이 어눌했던 어머니 사이에서 태어났는데, 그가 한 살이었을 때 제1차 세계대전에 징집된 아버지가 세상을 뜨고 말았다. 그리하여 어머니가 가정부 일을 하고 어린 나이의 형이 돈을 벌어 외할머니와 장애를 가진 외삼촌을 부양하며 근근이 살아갔다. 카뮈는 그와 같은 처지에서 그의 문학적 재능을 알아본 루이 제르맹 초등학교 교사의 각별한 사랑으로 상급학교에 진학할 수 있었고 알제 대학까지 입학했다. 그렇지만 폐결핵의 발병으로 인해 휴학했고, 철학 졸업 논문을 제출했지만 건강상의 이유로 교수 자격시험 응시를 거부당했다. 그렇지만 카뮈는 절망하지 않고 노동 극단을 창단해서 공연했고, 신문 기자가 되어 정치 칼럼 및 문학 기사를 썼다. 또한 소설『이방인』과 에세이『시시포스의 신화』를 썼고, 민족해방운동의 지하 신문도 발간했다. 미국이 일본의 히로시마와 나가사키에 원자폭탄을 투하한 일을 강도 높게 비판했고, 사형 선고를 받은 그리스 공산당원들의 구명 운동을 계기로 사형 폐지론을 주장했다. 카뮈는 가난하고 건강이 좋지 않아 학업을 그만둘 수밖에 없었지만 자신의 길을 포기하지 않았다. 자신의 운명을 긍정적으로 인식하고 부조리한 상황에 맞서 나간 것이다.

김종상 시인의 작품에 등장한 어머니 아버지도 같은 차원으로 이해할 수 있다. 당신들이야말로 주어진 운명의 길을 긍정하고 생을 다할 때까지 흔들림 없이 걸어갔다. 그리하여 시인은 어머니 아버지를 자신의 삶의 거울로 삼고 있다. "사는 일은 불꽃과 같아/꺼져버리면 적막이지만/식어버린 잿속에서도/남는 불씨가 있"(「남은 불씨」)다고, 즉 당신들이 두고 간 불씨를 피울 수 있다고 노래하는 것이다. 그리하여 시인 역시 인간 존재로서 추구하는 길을 부단하게 걸어간다. 나아가는 동안 폭풍이 몰아치고 폭우가 쏟아지고 폭설이 내려도 물러서거나 포기하지 않는다. 자신의 운명을 긍정하고 부조리한 상황에 맞선 어머니 아버지가 물려준 나침반을 들고 있기에 든든하기만 하다.

孟文在 │ 문학평론가 · 안양대 교수

| 처음 발표된 곳 |

제1부 긍정에 방점을 주자

「가려운 종기」, 『다온문예』 제5호, 2016.

「이름이 사람이다」, 『다온문예』 제7호, 2016.

「산다는 것은」, 『다온문예』 제5호, 2016.

「우리 사는 일」, 『한강문학』 제6호, 2016.

「아빠는 데려온 자식」, 『한강문학』 제6호, 2016

「절로 크는 아기는 없다」, 『한강문학』 제6호, 2016.

「긍정의 방점」, 『서울문단』 제5호, 2016.

「세월의 무게」, 『문예사조』 사화집, 2016.

「우거지」, 『문학신문문학회』 연간집, 2016.

「화탕지옥」, 〈한국시낭송회의〉 제159회, 2016.

「돌아간다는 것」, 『마포문학』 제10호, 2016.

제2부 새 풀이 돋아나면

「익모초(益母草)」, 〈허준축제〉 시화전, 2016.

「관세음보살」, 『청계문학』 제14호, 2016.

「풀벌레 소리」, 『국제문단』 제10호, 2016.

「풀 한 포기」, 『다온문예』 제7호, 2016.

「어머니의 꽃」, 『다온문예』 제5호, 2016.

「어머니의 흔적」, 『다온문예』 제5호, 2016.

「남은 불씨」, 『국제문단』 제10호, 2016.

「새 풀이 돋으면」, 『청계문학』 제14호, 2016.

「더없는 기쁨은」, 『마포문학』 제10호, 2016.

「노부부」, 『마포문학』 제10호, 2015.

「잃어버린 나」, 『다온문예』 제5호, 2016.

「나목(裸木)」, 『청계문학』 제14호, 2016.

제3부 서울의 시골 사람

「서울의 달」, 『가톨릭소년』, 1969. 9.

「시장 골목」, 『새소년』, 1970. 1.

「집 찾기」, 『현대시학』, 1970. 3.

「지하 다방」, 『아동문학사상』 제1집, 1970.

「밤 북악에서」, 『새교실』, 1970. 9.

「거리의 소음」, 『소년서울』, 1970. 11.

「물소리」, 『현대시학』, 1970. 3.

「네온사인」, 『초등교육회보』, 1970. 12.

「의족원」, 『한국아동문학』 제1집, 1972.

「만원 버스」, 『어머니, 그 이름은』, 1974.

「공기 오염」, 『동시인』 제4집, 1971.

제4부 어머니는 떠나시고

「고향 마을」, 『소년조선일보』, 1974. 8.

「동산병원에서」, 『아동문학의 전통성과 서민성』, 1974.

「외로운 나그네」, 『아동문학의 전통성과 서민성』, 1974.

「그 뜨겁던 불씨」, 『한국아동문학』 제3집, 1973.

「어머니 제삿날」, 『소년』, 1974. 5.

「다시는 오지 않을」, 『소년서울』, 1974. 9. 15.

「당신이 가신 삼월」, 『한국아동문학의 전통성과 서민성』, 1974.

「어머니의 베틀」, 『소년』, 1974. 5.

「그대로입니다」, 『소년』, 1974. 5.

「어머니, 그 이름은」, 『새한신문』, 1974.

「기다림」, 『새교실』, 1974. 10.

「어머니 무명 치마」, 『한국아동문학』 제3집, 1973.

제5부 고갯길의 신화

「보리 향기」, 『문학세대』 제36호, 2016.

「백두산 천지」, 『낙동강』 시선집, 2016.

「고갯길의 신화」, 『마포문학』 제10호, 2016.

「금강초롱꽃」, 〈제4회 불휘깊은문화재포럼〉 시화전, 2016.

「돌하르방」, 『한강문학』 제6호, 2016.

「타임캡슐」, 『문학신문문학회』 연간집, 2016.

「고향 생각」, 『다온문예』 제7호, 2016.

「합정동(蛤井洞) 찬가」, 〈마포문협 찾아가는 시낭송회〉, 2016. 9.

「난지도(蘭芝島)」, 〈마포문협 시화전〉, 2016. 10.

「대구」, 『서대문문학』 제13집, 2016.

「고등어」, 〈한국시낭송회의〉, 2016.